# LE VIEILLARD

## ET

## SES TROIS FILLES.

*PIÈCE EN TROIS ACTES, EN PROSE.*

---

### PAR M. MERCIER.

---

A PARIS,

CERCLE SOCIAL, RUE DU THEATRE
FRANÇOIS, N.º 4.

Imprimé par RESTIF-neveu, rue De-la-Bûcherie
N.º 11.

---

1792.

L'AN QUATRIÈME DE LA LIBERTÉ.

# *PERSONNAGES.*

LE VIEILLARD, M. De-Lamanon.

SARA,
JUDITH,    } Filles de M. De-Lamanon.
CAROLINE,

LAURENCE, Mari de Sara.

CLAVERO, Mari de Judith.

JONES, Confident du Vieillard.

UN MAITRE-D'HOTEL de M. Laurence.

D'ANGELI, Bucheron,

DOMESTIQUES.

———————————————————

*La Scène est au Premier Acte, dans la maison de
M. Laurence; au Second dans la maison de M.
Clavero; et au Troisième dans une Forêt.*

# AVERTISSEMENT.

Admirateur de Shakespeare, l'ayant considéré en 1772, dans mon *Essai sur l'Art-dramatique*, non comme un Poëte-régulier, mais comme celui de la Nature, dont les formes pour être sauvages n'en font pas moins belles : Ayant recommandé à tous mes Confrères la lecture de ses Drames, comme une mine abondante en personnages variés, en idées fortes et vastes, en expressions éloquentes et vives ; comme la plus propre enfin, à échauffer nos timides conceptions, et à aggrandir le *parloir* de la Scène-française ; je n'ai pu resister au desir d'accomoder à notre Théâtre la Piéce intitulée, *Le Roi Lear.*

Je me flatte que l'on retrouvera dans mon *Vieillard et ses trois Filles*, la vraie manière de Shakespeare ; et cependant le plan et les détails m'appartiendront presqu'entiers. J'ai commencé par faire descendre du Trône le principal Personnage ; car ce n'est pas comme *Roi* qu'il nous touche, qu'il nous attendrit dans le delire de sa douleur ; c'est comme *Homme* ; c'est comme *Père* : J'ai mieux aimé offrir un Tableau moral, rapproché de nous, appliquable surtout à la vie domestique : Sous des couleurs théâtrales , il pourra servir de leçon aux Enfans ingrats ; et, sous ce nom, sont compris sans doute tous ceux qui ont méconnu, oublié, outragé leurs Bienfaiteurs. Puissent tous ces Monstres d'ingratitude , pour leur amendement, ou pour leur supplice , lire ou voir représenter cette Pièce attendrissante !

M. Ducis a traité le même sujet ; il ne me convient pas d'en parler : Il a fait une *Tragédie* ; et je n'ai point voulu faire une *Tragédie* : Que le Lecteur compare et juge.

# LE VIEILLARD
## ET SES TROIS FILLES.

*PIÈCE EN TROIS ACTES, EN PROSE.*

## ACTE PREMIER.

## PREMIÈRE SCÊNE.
### JONES, *seul.*

O MON Maître! toi si honnête, et si malheureux!... Non! jamais la nature ne fit un homme aussi bon! Je n'ose lui révéler ce qui se passe ici. C'est un être bien nouveau, que celui dont la plus grande faute est d'avoir fait trop de bien..... Mais il ne voudra rien écouter, qu'il ne sente lui - même, et par l'événement, la vérité cruelle. C'est son excessive générosité qui a endurci le cœur de ses Filles, et c'est encore sur elles, hélas! que toujours aveugle, il fonde sa plus solide espérance. Tandis que l'indifférence la plus coupable l'environne, il croit à leur amour.... Hô! qui osera desormais être bon, quand... O jour fatal, où dans un abandon de tendreſse rare, il a signé cette imprudente donation!

A

Hélas ! lorsque tout retentissoit autour de lui du bruit des concerts ; moi, je me suis retiré solitaire dans un misérable réduit, pour y pleurer là, tout-à-mon aise ; car dèslors je prévoyois que sa vertu, sa confiance, sa générosité seroient bien mal-recompensées..... Le voici ; oui, ce qui me fait le plus souffrir dans cette maison, c'est de ne pouvoir lui parler, comme je le voudrois.

## II SCÊNE.
### LE VIEILLARD, JONES.

#### LE VIEILLARD.

Toujours triste Jones ? Ne t'alarmes point : tu as beau dire ; j'ai soulagé ma vieillesse du poids importun et journalier des affaires, j'ai partagé mon bien en trois parts : Où pouvois-je mieux placer mon héritage, que dans les mains de mes Enfans ?... De mes chères Filles.

#### JONES.

Vos largesses.... Vous avez tout donné.

#### LE VIEILLARD.

Tout : mais au moindre signe, mes Filles feront de leurs biens, deux parts, et la meilleure, sois en sûr sera toujours pour moi.

#### JONES, *à part.*

Je n'ose le détromper. (*haut*) Jamais Père, on peut le dire, n'a tant aimé ses enfans : puisse leur reconnoissance ne point faire injure à votre liberalité.

LE VIEILLARD.

Oh! mon ami! rien n'est plus doux, pour un Père que les services qu'il reçoit d'une Fille chérie. Les Fils ont l'ame fière et le courage plus élevé; mais les Enfans d'un autre sexe ont les soins plus délicats et les caresses plus affectueuses. Tiens, voici une lettre de la seconde: peut-on rien voir de plus tendre! Lis.

JONES, *lit.*

,, Je vous aime, mon Père, d'un amour que la
,, voix et les paroles ne peuvent rendre; il est au-
,, dessus de toute expression : je ne trouve ma féli-
,, cité que dans un sentiment unique. Judith,,.

LE VIEILLARD.

Et l'aînée chez qui je suis, ma Sara? tu es le te-moin journalier de tous ses transports à mon égard?

JONES.

Je suis loin de vouloir diminuer vos félicités, vos espérances... Puisse l'événement, ne pas tromper vos sentimens! et puissent sur-tout leurs cœurs être d'accord avec leurs paroles !

LE VIEILLARD.

Voici bientôt le temps où je quitterai celle-ci, pour aller visiter sa Sœur; qui serait effectivement ja-louse, très-jalouse! si je retardois mon arrivée seu-lement d'une demi semaine... Je veux les contenter toutes-deux : mais écoute, je n'irai point de si tôt chés la Cadette.

JONES.

Et pourquoi, mon cher Maître?

[ 8 ]

## LE VIEILLARD.

Je ne sais : elle n'est point sensible comme ses
Sœurs ; sa langue a toujours été si tardive à mani-
fester sa tendresse !

## JONES.

Elle sait peut-être aimer beaucoup, et se taire ; la
vivacité du sentiment ne produisit jamais l'abus
du langage.

## LE VIEIELLARD.

Ecoute... aucun transport de joie à mon appro-
che.... Tandis que ses Sœurs n'ont qu'une félicité
dans le monde, celle de me voir.

## JONES.

Son cœur sent peut-être plus d'amour que sa
langue n'a de force pour l'exprimer.

## LE VIEILLARD.

Qui n'a rien dans la bouche, n'a rien dans le
cœur.

## JONES.

Pas toujours, mon bon Maître.

## LE VIEILLARD.

Elle est la plus jeune ; elle devroit être la plus
tendre.

## JONES.

Peut-être que sa timidité craintive l'empêche...
et le respect qui la contraint.....

## LE VIEILLARD.

Je demande à présent à mes Enfans, plus d'a-
mour que de respect : le temps où il faudra que je

me contente de leurs respects , ne viendra que trop
tôt ! c'est-à-dire quand la nature donnera un autre
cours à leur tendresse...

#### JONES.

Mon bon Maître , je vous reponds , que votre
plus jeune Fille , n'est pas celle qui vous aime le
moins.

#### LE VIEILLARD.

Va , le repos de mes vieux jours ne sera jamais
dû à ses soins complaisans.... Ecoute : jamais son
œil ne me caresse : Son cœur sans-doute est vide
pour moi. Tout entier , à son Epoux... Je ne l'en
blâme point, mais....

#### JONES.

Ah! si elle a une vertu, elle n'aura point renoncé à
une autre ; les vertus se donnent la main... Si votre
Cadette , j'ose vous le redire , n'étoit pas si timide!

#### LE VIEILLARD.

Arrête: eh! qui peut mieux sentir cela qu'un
Père !.... Non te dis-je, elle n'a point le cœur
expansif de ses Sœurs.... Paix là - dessus.

#### JONES.

Je me tais.

#### LE VIEILLARD

Allons : dis que l'on m'apporte à déjeûner :
Pourquoi ce retard ? Cette négligence m'étonne !
Cours à l'office.

#### JONES.

Voilà trois fois que j'y vais... et....

#### LE VIEILLARD

Eh-bien ?... Tu hésites à me parler.

#### JONES.

Eh-bien ! l'on m'oublieroit, si je n'étois importun.

#### LE VIEILLARD

Comment ?

#### JONES

Il faut que je les impatiente, pour en arracher quelqu'attention à vos besoins. S'il faut vous le dire, Monsieur, rien n'est prêt en ce moment. Enfin, je ne vous dissimulerai pas que l'on m'a maltraité hier, et encore aujourd'hui, de paroles....

#### LE VIEILLARD, *à demi courroucé.*

Toi ?... Parles-tu sérieusement ?

#### JONES.

Ce n'est pas même la dixième fois, que....

#### LE VIEILLARD.

J'y mettrai ordre. Fais monter le Maître-d'hôtel, et qu'il vienne ici sur-le-champ.... Te maltraiter de paroles !... toi ! (*Jones sort*).

---

## III SCÈNE.

### LE VIEILLARD, *seul.*

Oh ! ce sera quelque mal entendu ; quelques bevues, ou fautes de Domestiques. Voilà cependant plusieurs fois que mon service me manque, et qu'il se trouve retardé.... Nous allons voir....

# IV SCÈNE:

## LE VIEILLARD, JONES, LE MAITRE-D'HOTEL.

### LE VIEILLARD.

Pourquoi donc ne suis-je pas servi à l'heure, à l'heure précise que je dois l'être !... Repondez ?

### LE MAITRE-D'HOTEL.

C'est que je ne puis pas également obéïr, Monsieur, à tous les ordres contraires, que l'on me donne dans cette maison-ci, et de tous côtés encore.....

### LE VIEILLARD.

Les miens doivent être exécutés de préférence? Entendez-vous ?... Et vous le savez bien, je pense.

### LE MAITRE-D'HOTEL.

Monsieur, Monsieur, Madame commande aussi, et doit être servie avant tout; à ce que j'imagine: c'est ma Maîtresse, et vous ne serez pas assez injuste envers moi, pour me rendre responsable....

### LE VIEILLARD.

Comment! me connois-tu ? Ignores-tu ce que je suis ici ?

### LE MAITRE-D'HOTEL.

Ai-je donc deux Maîtres? Je l'ignorois: Moi, s'il faut vous le dire, j'obéis, et je dois obéir, de préférence à ceux qui me payent...... Je vous prie de ne le pas trouver mauvais, sur-tout en me brutalisant de cette manière. ( *Il fort.* )

---

# V SCÊNE.

## LE VIEILLARD, JONES.

### LE VIEILLARD.

Je demeure stupéfait!... Où cet homme a-t-il puisé cette insolence.... Il obéit, dit-il, à ceux qui le payent? Eh! n'ai-je pas tout payé d'avance, tout donné, prodigué à mes Enfans, chez qui je vis?

### JONES.

Hélas! oui, tout... (*à part.*) Refuser à un homme de cet âge... oublier ses besoins, ses dons généreux! Malheur au Père trop indulgent, qui s'est dépouillé!

### LE VIEILLARD.

Ces dons, Jones, je te le répète, je n'en ai point de regrets ; car j'en éprouve une satisfaction profonde, intime. D'autres donnent après leur mort ; moi, j'ai donné de mon vivant... j'ai donné avec joie.... Les sensations paternelles qui transportèrent mon cœur, la soigneuse nature les cache, comme un trésor, à ceux auxquels elle n'a point accordé d'Enfans... Pourquoi pleures tu?

### JONES.

Hélas! quand vous me l'avez ordonné, je me suis tû, et j'ai gémi en silence. Je fuis peut-être sorti quelquefois des bornes du respect, en vous

exhortant

exhortant à tenir votre main plus rigoureusement fermée..... Quoiqu'il soit bien tard aujourd'hui de m'écouter ou de m'entendre, en voici pourtant le moment, ou jamais il ne viendra.

LE VIEILLARD.

Eh ! que me diras-tu ?

JONES.

Que tout est bien refroidi depuis le jour....

LE VIEILLARD.

Ne dis point cela ; ne dis jamais cela. Garde toi de penser que la tendresse où ma fortune puissent périr au milieu de mes Enfans. Va, j'aurais voulu pouvoir leur abandonner des Royaumes ; mais quand je le voudrai, d'un seul mot, entends-tu, d'un seul mot j'ouvrirai les fidèles réservoirs où mon amour a placé ses bienfaits ; là je retrouverai au double....

JONES.

La conscience et l'honneur le leur ordonneroient, sans-doute.

LE VIEILLARD.

Cesse, je t'en conjure ; ma confiance est pleine, entiere. J'ai des preuves de leur tendresse abandonnée et qui me sont particulières.

JONES.

La bonté croit que tout le monde est comme elle... mais je suis forcé de dire que les paroles sont des paroles ; que les action sont des actions.

B

### LE VIEILLARD.

Achève....

### JONES.

Et que l'on ne fait pas ici un trop gracieux accueil à ceux qui sont attachés à votre service ; il y a longtemps enfin que l'on met dans tout ce qui vous regarde de l'indifférence, et pis encore....

### LE VIEILLARD.

Tu m'étonnes, de plus en plus mon vieux Serviteur... prends garde de te tromper, d'être injuste....

### JONES ( *avec force* ).

Non ! L'on me fait aussi des affronts et l'on jouit lorsque j'y suis sensible.... Subordination domestique, bienséances, vous êtes anéanties, et vous êtes remplacées, le dirai-je, par des vices contraires.

### LE VIEILLARD.

Tu m'effrayes ; et pourquoi me l'avoir caché ? j'aurois fait écarter tous ces Gens-là ; car mes Filles ne peuvent pas méconnoître....

### JONES.

Vos Filles ! Eh ! ne sont elles pas aujourd'hui en possesssion absolue de tout ce que vous aviez...

### LE VIEILLARD.

De grâce, sois rassuré sur ce point qui te tourmente trop. Ma fortune quoique divisée, n'en reste pas moins entière. Ceux qui sont nés pour appartenir de si près à notre cœur, ne doivent-ils

recevoir nos dons, que quand nos mains glacées ne
pouvant plus retenir les biens de ce monde, les
abandonnent forcément... Non! je n'ai jamais pu
penser, ni agir ainsi.... J'ai semé dans des cœurs
qui ne seront jamais fermés ni ingrats. Elles igno-
rent sûrement ce qui s'est passé. Va, va trouver
ma Fille; qu'elle se rende ici pour me parler.
Tout s'appaisera bien vite, dès que je l'aurai vue.
Oh! j'existe trop profondément dans leurs âmes
pour que la tiédeur... Va (*Jones fort*), et reviens...

## VI SCÊNE.

### LE VIEILLARD, *feul.*

Il y a quelque refroidissement : celle-ci a aussi
son époux qui aura fait quelque diversion à sa tendresse; je le conçois : mais, quand j'aime au point
que j'aime, la nature n'est-elle pas la plus puis-
sante, et faite pour triompher de tous ces foibles
obstacles ?

## VII SCÊNE.

### LE VIEILLARD, JONES.

#### JONES.

Monsieur, Madame votre Fille m'a fait dire,
qu'elle ne pouvoit venir, par ce qu'elle étoit in-
disposée.

#### LE VIEILLARD.

Et depuis quand ? Nous soupâmes hier ensemble. Si elle n'est pas véritablement malade, dis-lui que j'exige qu'elle vienne me parler ici, et sans tarder? que je l'exige; entends-tu? (*Jones sort*).

## VIII SCÊNE.
### LE VIEILLARD, *seul.*

Oh! nous verrons; nous entendrons sa justification... Il y a là-dedans quelque-chose qui va s'éclaircir, et Jones sera témoin que tout cela finira par des embrassemens.... La voici... Je savois bien...

## IX SCÈNE.
### LE VIEILLARD, SARA, JONES.
#### SARA.

Je vous salue, mon Père... Mais est-il vrai? on me l'a dit du moins, que vous vous soyez oublié jusqu'à menacer mon Maître-d'hôtel? Vous, sortir de la modération qui doit vous caractériser; et en sortir à ce point... Ah!...

#### LE VIEILLARD.

Tu le changeras, ton Maître-d'hôtel, et le plutôt possible; entends-tu? il me déplaît.... Je t'en préviens.

#### SARA.

Permettez, mon Père... Je vous avouerai que je n'ai point lieu de me plaindre de lui; que j'en suis très-contente! Vos Domestiques, j'ai trop

tardé à vous le dire... ils deviennent turbulens....
intolerables...

### LE VIEILLARD.

En quoi donc? ma Fille?

### SARA.

Mais ils sont-à-toute heure abusant de votre
nom, en rixes, en querelles; rien ne les satisfait
ici, quoi qu'on fasse.

### LE VIEILLARD.

Rien ne les satisfait? quel étrange discours! je
ne le suis guères non plus de mon côté, de tout ce
que j'entends, et c'est de votre faute, ma Fille!

### SARA.

Moi! mon Père? oh! quel injuste reproche?
tandis que vous vous abandonnez à des humeurs
bizarres, qui depuis quelque - temps changent et
altèrent la bonté de votre caractère.

### LE VIEILLARD.

Est-ce toi, qui parles?...

### SARA.

Interprétez, je vous prie, en bonne-part, et
mes fidèles avis, et mes représentations. Mais pour
quoi (permettez-le encore) pourquoi avoir ici des
Domestiques à vous; les miens, si empressés, si
dociles, ne suffisent-ils donc pas?... Or voilà votre
homme de confiance toujours grondeur ou fâ-
cheux; toujours exigeant, toujours lamentant:

puis les autres se modelent sur lui, et se croyent autorisés au desordre. Mon Père ! il seroit à-propos, pour rétablir promptement la paix dans la maison, de le subordonner entièrement, ainsi que vos autres Domestiques, qui tous rentreroient dans l'ordre et en même-temps.

LE VIEILLARD.

Quoi ! suis-je bien éveillé ! qui peut me dire ce que je suis ?

SARA.

Remettez-vous ! confiez-vous entièrement à nos soins assidus ; nous vous donneron des gens tranquilles, soumis, qui conviendront à tous vos besoins, ainsi qu'aux fantaisies de votre âge...

LE VIELLIARD.

C'est toi qui parles ainsi ! Dieu ! *(à Jones)* Qu'on me prépare des chevaux ! je pars. Ah ! je ne vous causerai point d'embarras davantage ! Je délivrerai votre maison de mes Domestiques importuns !... Va, il me reste encore une Fille... Le sais-tu ?... O ta Sœur !... je l'ai graces à Dieu !.... je l'ai.

SARA.

Ma Sœur, et vous l'apprendrez bientot, pense absolument comme moi à cet égard... Vous l'entendrez...

LE VIEILLARD.

Ta Sœur ! elle te réprimandera, et avec une juste sévérité, en apprenant.... Elle te deshéritera de son amitié, jusqu'à ce que.... Je demeure immobile!... Oh ! malheur à l'homme, au Pere, qui se repent trop tard !... Oh ! combien un enfant est hideux, quand il se montre sous tes traits !... ( *à Jones.* ) Viens, mon ami, viens ; aide-moi à sortir d'ici ?... J'ai besoin de fuir.... Comment ai-je pu éprouver de sa part.... Heure épouvantable !....

____

## X SCÊNE.

### LE VIEILLARD, SARA, LAURENCE.

#### SARA.

Monsieur, joignez-vous à moi, de grace ! Voici mon Pere, qui veut nous quitter, par pur caprice, sans cause légitime... Il m'est impossible, quoique j'imagine, de s'avoir ce qui l'a tout-à-coup changé...

#### LAURENCE.

Modérez-vous, Monsieur ! Permettez... Je ne suis point encore instruit du sujet qui vous à mis si fort en courroux ; d'ailleurs il y a dans une maison des détails, si fort au-dessous de moi, que, vous conviendrez sans peine que je ne dois ni ne puis m'en mêler... Ainsi.... ces misères-là, appercevez les, comme moi, d'une hauteur...

#### LE VIEILLARD

Ces choses là, Monsieur ; cela se peut ; vous n'êtes point fait, comme vous le dites, pour les appercevoir : mais moi ! ah ! depuis une heure je ne sais plus, si j'existe...

#### LAURENCE.

Vous êtes difficile à vivre, depuis quelquetemps, Monsieur ! Ne vous en appercevez-vous point vous-même ? l'humeur de la vieillesse nous domine le plus souvent, à notre insçu, et, si je puis vous le dire, les gens de votre âge sont susceptibles d'idées extrêmes, ombrageuses ou d'apperçus faux, exagerés.

### Le Vieillard.

Vous pouvez m'injurier, mon Gendre ; oh ! vous le pouvez, vous... je ne m'en plaindrai pas ; car je puis être rejetté, abandonné par un Gendre, et sans que je m'en plaigne : mais celle qu'il sembloit que rien ne pouvoit, ne devoit m'ôter, celle qui etoit à moi, et que tout lioit intérieurement à mon être, ainsi que tout me lioit à elle, apprenez...

### Sara.

Mon Père !...

### Le Vieillard.

Arrête ce mot, ta bouche le prononce, mais ton cœur ne le sent plus... et ne dis plus mon Père.....

### Sara.

Vous vous emportez contre moi : vous me lancez des regards foudroyans ! et pourquoi ? parceque je vous propose de ployer à l'obéissance un Domestique rebelle, que vous préférez ici à tout le monde, et l'on ne sait pourquoi.

### Le Vieillard.

Ah-Dieu ! je rougis de ma foiblesse et que

tu ayes encore la puissance d'émouvoir à ce point mes entrailles ! Pourquoi faut-il que ces larmes m'échappent! Ah! je suis trop insensé, trop sensible, trop tendre... je cherche à me dompter...

SARA.

Ne faut-il pas d'ailleurs que j'obéisse en tout, et de cœur et d'esprit, à l'Epoux qui a reçu ma main.... C'est mon premier devoir.... Vous en conviendrez?.....

LE VIEILLARD.

Je consens que l'Epoux qui t'a donné sa foi, emporte avec lui la moitié de la tendresse que tu avois pour moi ; mais il en reste assez, je crois, pour obéir au sentiment que la reconnoissance et que le devoir t'imposent.... Ah! quand ma seconde Fille, je te le repète, viendra à savoir ce procédé de ta part, elle te reniera pour sa Sœur, jusqu'à ce que le repentir t'ait changée.

SARA.

Eh ! voilà comme vous me traitez? on a eu soin de vous chaque jour, et nonobstant nos attentions multipliées, vous vous plaignez incessamment! Tous nos Voisins serviront de témoins....

LE VIEILLARD.

Tu vas chercher des Temoins loin de ton cœur! Ciel! je lis sur vos visages....

LAURENCE.

Malgré tout l'attachement, le respect que j'ai

pour vous, Monsieur, et que votre âge me commande, je ne puis cependant être assez partial,
pour condamner ici mon Epouse... Je suis sûr de
sa douceur, de sa bonté inaltérable. Ah! c'est
une Femme unique, incomparable. Qui le sait,
qui doit le savoir mieux que moi. Elle a toutes
les vertus; nulle part, je ne vois ses perfections...
Puis j'ai suivi, j'ai vu, de mes propres yeux, ce
dont il est question.. .

### LE VIEILLARD.

Vous avez vu, vous avez suivi... Ainsi je me tais
devant vous... Allez, le trait est trop profond
pour que.... De grace, laissez-moi partir, et sans
me repondre! Qui m'entend ici?... Eh! qui pour-
roit m'entendre.... Non, toutes vos paroles seroient autant de coups de poignard.... Craignez
du-moins d'offenser celui...

### SARA.

Ecoutez-vous vous-même, mon Père, s'il vous
est possible; car vous êtes toujours violent,
extrême. Ah! je vous en supplie, au nom de la
nature...

### LE VIEILLARD.

Au nom de la nature! si tu as un Fils, tremble! il pourra te faire éprouver quelle est la plaie
horrible... la douleur que cause l'ingratitude...
Laissez-moi seul; laissez-moi à l'accablante confusion de mes pensées... Vous ne m'entendez
plus... Je fuis...

[ 23 ]

SARA, *à son Epoux.*

Il est dans la démence.

LAURENCE.

Vous serez obéi, Monsieur... Nous ne vou-
lons pas, certes, vous contrarier, en face... Je me
retire...

SARA.

Ma Sœur sera de notre avis, très-certainement!
Venez et laissons-le à lui-même, puisqu'il l'e-
xige.... Il nous feroit encore un crime... Car
tout est crime aux yeux de son Conseil.

LE VIEILLARD, *(d'une voix douleureuse).*

Tu me quittes? Sara?

SARA.

Mon obeissance doit ici se partager. Jusqu'ici,
soumise aux devoirs d'une Fille, je vis en vous
un souverain : mais voilà mon Epoux. Ma Mère
quitta son Père pour vous ; la même obéissance
qu'elle vous rendit, je la dois, et je demande qu'à
son exemple, il me soit permis de la rendre à celui
qui desormais est mon unique Maître.

---

## XI SCÈNE.

### LE VIEILLARD, JONES.

LE VIEILLARD.

Mon pauvre ami, je te reprochois tes soup-
çons, comme l'ouvrage d'une imagination trop
ombrageuse ! aurois-tu le fatal avantage de lire

mieux que moi dans le cœur des pervers, dans celui de mes Enfans? ou l'amour filial, dis-moi, seroit-il aujourdhui un vain nom, un nom fait pour tromper nous autres bons?... Ceci, oh! je le crains, mon cher Jones, ceci... Je n'ose achever....

J O N E S.

Ecoutez votre vieux Serviteur mon cher Maître? Ah! s'il le faut, dans ces circonstances! Abandonnez-moi plutôt, et reconciliez-vous avec votre Fille aînée. Puisque je déplaîs en cette maison, je ne mérite pas que vous fassiez pour moi un si grand sacrifice... Non, il ne le faut pas... Je vous en conjure.

L e  V i e i l l a r d.

Que dis-tu? Tu ne me quitteras jamais! Ah! cruelle blessure de mon cœur!... Ecoute? pour n'en pas mourir, j'ai besoin de toi : Quitte-moi à présent.

J o n e s.

Vous connoissez mon long attachement et mon affection. Que n'étoit-il en mon pouvoir de vous déguiser plus long-temps une triste, une affreuse vérité! Mais je me reproche cet éclat....

L e  V i e i l l a r d.

Si je souffre, ami, je suis du-moins éclairé... Oh! qu'il est douloureux d'avoir lu, ce que j'ai lu dans un cœur.... Mes jours heureux seroient-ils passés?

JONES.

Il vous reste deux Filles qui vous attendent, et qui vous dédommageront.

LE VIEILLARD.

Je tremble de l'avenir ! Ne me dis plus rien. Les cœurs tendres ont une existance qui leur est propre, qui n'est sentie que d'eux seuls... si l'Univers alloit s'effacer devant moi !... Etres chéris ! si je ne pouvois plus vous appeler mes Enfans!... Je frémis. Quand celle-ci étoit toute jeune, que je la prenois sur mes genoux.... oh ! quelle volupté inconnue !... Il y aura donc, me disois-je, une créature qui n'existera que pour son bienfaiteur ; qui ne sera remplie que du seul desir d'être à lui ; qui m'aimera sans partage? nos deux ames ne formeront que la même?... Je le croyois... O mon Aînée, mon Aînée ! tu n'as point aimé, tu n'aimeras jamais. Eh-bien ! vis heureuse & si tu le peux, et ignore à jamais mes profondes douleurs.

JONES.

Combien je les partage ! Je vous accompagnerai avec la même constance la même fidélité, non-seulement comme mon maître, mais comme la bonté descendue sur terre. Vous savez, et vous me l'avez plus d'une fois promis....

LE VIEILLARD.

Quoi ?

JONES.

Que je dois achever de vieillir avec vous.

### Le Vieillard.

Ah !... Eh bien, aide-moi à vivre... Ami, ( *après un silence* ) Il faut que j'écrive à ma Seconde ; il me tarde d'arriver chez celle, qui sera bien surprise, bien indignée ! c'est elle, qui calmera le bouillonnement....... Oh Dieu ! ne souffre pas que je perde la raison ; conserve ! daigne conserver mes sens dans le calme ! Je crains de devenir insensé, car mon ame est toute bouleversée. Dieu, prends pitié d'un Père trompé !... Allons, des chevaux ? je m'arrache d'ici, car plus loin, je serai plus tranquille... Que je vous regarde encore, ô murs, dont l'enceinte renferme.... Qui me l'eût dit ?... O maison, cruelle maison ! je n'emporte rien de toi, que ce corps que l'on rejette.... Viens, digne ami !... viens !.. aide - moi à exister.

# ACTE SECOND.

## PREMIÈRE SCÈNE.
### SARA, JUDITH.

#### Sara.

J'accours, ma Sœur ! Bien précipitamment, direz-vous ? mais, pour cause : Je précède ma lettre, à ce que je crois ?

#### Judith.

Oui : soyez la bien venue. Mais qu'y a-t-il donc de nouveau ? votre agitation m'inquiette ? expliquez-vous ? qu'y a-t-il de neuf ?

#### SARA.

Eh-bien ! notre Père nous a fait tourner la tête à tous...

#### JUDITH.

Oh ! je m'en doutois ! Rien ne m'étonne en cela. Mais ce n'est rien, après tout... Remettez-vous.

#### SARA.

En-vérité, les Vieillards redeviennent des enfans ! or il faut les mener par la rigueur, sur-tout, lorsqu'on voit, qu'on y perd avis , remontrances ; prières et caresses... Qu'en pensez-vous ?

#### JUDITH.

Je vous approuve fort!.. A combien de bizarreries la vieillesse n'est elle pas sujette !.. La deraison qui la domine...

#### SARA.

Souvenez-vous de ce que je vous ai dit ? Notre traité subsiste ; il subsistera ?.. Vous m'entendez?

#### JUDITH.

Certes, ma Sœur, nous serons d'accord ; d'une manière invincible, et contre tous.

#### SARA.

Il n'est, et n'a jamais été, qu'inconséquence et caprices.... Aux défauts invétérés de son naturel, l'âge va joindre encore les emportemens de l'humeur fâcheuse, qu'amène avec elle l'infirme et colère décrépitude.

**J U D I T H.**

Soyez sûre que j'insisterai, ainsi que mon Epoux,
sur la réforme, qui devient indispensablement nécessaire dans sa maison desordonnée.

**S A R A.**

Il est devenu par degré, tout-à-fait méconnois-
sable.

**J U D I T H.**

L'imbécillité de son jugement n'est que trop
visible ;

**S A R A.**

J'attribue ses bizarreries renforcées, à ce vieux
fou, qui le dirige, et qu'il dit tant aimer, par pure
jactance.

**J U D I T H.**

Comment ? nous n'aurions pas le crédit, nous
ses Filles, de chasser un Domestique inutile? C'est
justement parcequ'il y tient, qu'il faut l'expulser ;
car, n'en doutez pas, voilà l'origine de toutes les
indécences commises à notre égard... Quand il sera
isolé, les suggestions qui l'égarent n'auront plus
lieu, son bon-sens pourra renaître ; quoique j'aye
de bonnes raisons pour en douter.

**S A R A.**

Vous le jugez bien, à cet égard. L'âge a tellement appauvri ses idées, que c'est un long et
insupportable ennui que de l'entendre.

**J U D I T H.**

Et pourquoi l'écouter ? Ces Vieillards reprennent

exactement

exactement le langage de l'enfance , et l'on ne doit pas , entre nous , y faire beaucoup plus d'atten- tion... Mais j'entens du bruit? L'on arrive...

S A R A.

C'est lui , vous verrez.. Vous entendrez ses éter- nelles et folles complaintes.

J U D I T H.

Laissez-moi le recevoir. ( *à un Domestique* ) Vous , restez ici , et si mon Père vient , dites-lui que je n'y suis pas pour le moment. Venez, ma Sœur, re- joignons mon Mari ; et toujours d'accord dans nos mêmes vues , ne séparons point nos intérêts , ainsi que notre premier plan de défense. Vous comprenez?

---

# I I  S C È N E.

## LE VIEILLARD, JONES; UN DOMESTIQUE.

### LE DOMESTIQUE.

Je m'apprête de mon côté à le bien accueillir : car quand il arrive ici , oh ! c'est une belle corvée ! les mines se renfrognent ; la libre gaieté disparoît. La morale triste reprend son cours. Je vais donc modeler mon visage sur celui de mes Maîtres... M'y voici.

### LE VIEILLARD, *(à-part)*.

Enfin , je suis chez elle ! J'y vais retrouver des jours paisibles : Je le sens à la première

D

impression de joie , que me donne l'aspect de ces lieux. ( *haut.* ) Où est ma Fille ?

LE DOMESTIQUE.

Elle est sortie.

LE VIEILLARD.

N'a-t-elle pas reçu ma lettre... Une lettre ?...

LE DOMESTIQUE.

Non... Je ne sais... Je ne crois pas... J'ignore.

LE VIEILLARD.

Comment ! vous ne savez... Vous avez dû savoir mon arrivée ?

LE DOMESTIQUE.

Je n'ai point vu de lettre , et depeur de pécher contre la discrétion , Monsieur, je ne regarde jamais ce qui est écrit sur une adresse.

LE VIEILLARD.

Allez au devant d'elle, de ce pas , mon ami ; et dites-lui qu'un Père veut parler à sa Fille... à sa Fille, entendez-vous ? ainsi qu'à son Mari , s'il est présent.

LE DOMESTIQUE.

Oh ! il est avec elle très-certainement...

LE VIEILLARD.

Eh-bien ! qu'il l'accompagne ; et recommandez-le lui de ma part. Allez !

LE DOMESTIQUES.

S'il consent à l'accompagner , je le lui dirai, et de votre part...

## III SCÈNE.

### LE VIEILLARD, JONES.

#### LE VIEILLARD.

Je commence à respirer, O mon ami ; ce lieu calme déjà mon chagrin.. Je n'ai donc plus rien qui soit à moi, que le cœur de celle que je viens visiter... O ! ma chère Fille ! ne trompe point ma tendresse ! Sous quel jour nouveau j'apperçois cet Univers !... Les expressions me manquent... Il me tarde de l'informer de ce qui s'est passé ; de lire, sur son visage l'effroi, la surprise, l'indignation ! Chère Enfant ! c'est toi qui me dédommageras !.., Je ne vis plus d'impatience !.. Ah ! ma cruelle Aînée ! Qui me l'eût dit ? Si un Ange, pour me détromper, me l'eût dit ; non, je ne l'aurais pas crû...Viens, viens, ma seconde Enfant ! viens ! j'ai besoin de toi, pour fermer ma blessure ! Je te garde une double affec-tion ; tu heriteras de ce que l'autre a perdu, de ce qu'elle a voulu perdre ; et cette affection, je puis la répandre sur toi, avec une plénitude, qui n'appartient qu'à mon cœur.

## IV SCÈNE.

### LE VIELLARD, JUDITH, JONES ( *dans le fond de la scène* ).

#### JUDITH.

Bonjour, mon Père... Quoi ! arriver sitôt et à l'improviste ? même sans nous prévenir... Pardon-nez à ma première surprise...

LE VIEILLARD.

Bonjour ma Fille. Oui, arrivé, et comme tu le
dis, à l'improviste ; mais non sans t'avoir pré-
venue ; je t'avois écrit.

JUDITH.

Ah ! je suis charmée de vous voir.

LE VIEILLARD.

Je le crois... car j'aime à le croire, ma Fille, que
vous en êtes charmée... et si ma présence aujour-
d'hui ne t'inspiroit pas de la joie, la plus grande
joie, je voudrois ouvrir le tombeau de ta Mère, pour
m'y enfermer tout entier. Ma chère Fille ! je viens
donc avant le temps prescrit... Mais....

JUDITH.

Il est vrai, avant le temps prescrit, formelle-
ment prescrit.

LE VIEILLARD.

Mais tu ne m'en recevras pas moins bien dans
tes foyers, n'est-il pas vrai ? Va, je le sais bien ?
Hélas ! le zèle, la reconnoissance, l'amitié, sont
bien refroidis ailleurs !

JUDITH.

Où ?...

LE VIEILLARD.

Chez ta Sœur... Quand tu apprendras....

JUDITH.

Comment?... Que dites-vous ?... chez ma Sœur !

LE VIEILLARD.

Ecoute : un mauvais-génie a parlé à son cœur ;

mais il en sortira, je l'espère, il en sortira.. A peine puis-je te parler. Non, tu ne pourras pas le croire, toi, dont l'ame est plus noble et plus tendre ; non, tu ne pourras pas ajouter foi, je le dirai , à l'ingratitude , à l'indignité de sa conduite !

J U D I T H.

Pourquoi me donner des éloges, qui nuisent à ma Sœur, et qui la rabaissent ! Vous lui aurez attribué sans-doute , les faits ou les paroles de son époux ; ou sur des rapports vagues....

L E  V I E I L L A R D-

Comprends ce que je te dis , ma chère Fille ! Je ne te parle pas de son Mari ; il n'y avoit pas entre nos ames une correspondance assez intime , pour que... Mais elle , qui... elle a pu oublier !  Tiens ? sais-tu bien que , sans toi, je ne croirois plus aujourd'hui à la sensibilité d'aucun Etre? Oui je les verrois tous comme métamorphosés en marbre , en airain. Ah ! puisqu'elle n'a plus voulu d'un Père, qu'elle vive donc loin d'un Père ; j'ai choisi , et je choisirai desormais ta maison , pour mon éternelle , pour ma dernière demeure ! Là , je serai bien,.. (*après un repos*) je serai mieux du moins....

J U D I T H.

Je vous en supplie, mon Père ! modérez-vos cruels reproches... envers ma Sœur ! ô ! permettez que je prenne ici sa défense? Ma Sœur est sans-doute toujours la même , et je crois, la connoissant bien, depuis son enfance, que vous pouvez plutôt oublier ses vertus, qu'elle son devoir....

LE VIEILLARD.

Elle n'a plus de vertus à mes yeux ! car, le sais-tu ? elle est sans amour filial, et sans reconnoisance.

JUDITH.

Que dites-vous ? Puis-je supposer que ma Sœur soit dénaturée ; ou l'avouer d'après votre erreur ? Il est arrivé, peut-être, qu'elle ait voulu mettre un frein au bruit tumultueux, à l'extrême licence de vos gens ? faire quelques réformes urgentes, d'après les circonstances? c'est sur des motifs aussi légitimes, et dans des vues aussi louables, qu'elle aura sans-doute agi? Elle n'a pas pu agir autrement, j'en suis convaincue, et elle ne mérite pas vos dures accusations, j'ose le dire.

EE VIEILLARD.

Puisse le Ciel la punir, pour l'améliorer ! si elle ne change toutefois de caractère....

JUDITH.

Oh ! quel emportement, mon Père ! combien il est injuste ! Vous cedez depuis peu ( à notre grand étonnement) aux moindres choses! elles vous affectent. Vous n'avez plus la force ni la vigueur de la jeunesse, et vous devriez conséquemment vous laisser conduire par quelque personne circonspecte, prudente ; qui connût mieux votre état, que vous ne le connoissez vous-même. Je vous en conjure ! retour-

nez vers ma Sœur ! vous êtes abusé sur son compte :
ne l'affligez pas à ce point ! c'est un affront douloureux que vous lui faites ; et même, j'ose le
dire, une haute injustice.

### LE VIEILLARD.

Arrête, ma Fille ! de grace ne me fais pas perdre
la raison ! Tu me l'as dit, je suis vieux ; tout fait
une impression profonde sur mon ame sensible ;
ainsi ménage là. Après ce que j'ai fait pour mon
Aînée, dois-je supplier et mendier ses secours, en
lui disant ! » Daignez ma Fille, daignez m'accorder
» des vêtemens, du pain, un azile » !...

### JUDITH.

Eh ! non, mon Père, non ! vous mettez dans
toutes choses une exagération... Ce discours n'est
pas trop sensé, et tout le monde en conviendra.
Pourquoi ne pas retourner chez ma Sœur, qui est
desolée de votre absence ? qui ne sait à quoi l'attri-
buer ? et lorsque le terme convenu n'est pas encore
expiré, pourquoi usurperais-je sur elle un avantage
qu'elle auroit droit de me revendiquer ? Oh ! chacun
me condamneroit alors ; et à très-juste titre...

### LE VIEILLARD.

Ecoute... c'est moi qui suis juge en ceci, j'espére :
Eh-bien ! je ne puis l'absoudre ; elle m'a tenu un
angage qui m'a tué !.. Amer et douloureux souvenir !
elle m'a lancé un regard...

### JUDITH.

Vous allez interprêter un regard !...

LE VIEILLARD.

Malheureux ! je l'ai reçu ! il ne peut plus s'effacer ! ma malédiction sur elle !.. si toutefois ne revenant pas à moi...

JUDITH.

Dieu ! dans vos accès de fureur et de vengeance, vous allez me maudire aussi.

LE VIEILLARD.

Non, Judith ! non : jamais tu n'auras, tu ne mériteras ma malédiction. J'ai aimé, beaucoup aimé ta Sœur ! mais toi, je t'ai encore plus chérie. Je ne sais ; l'inexplicable instinct du cœur a toujours panché pour toi. Le jour de ta naissance fut le plus beau jour de ma vie, et toutes mes peines disparoissent encore, dès que j'y songe. J'ai remarqué, dès ton enfance, que tu connoissois mieux les sentimens de la nature ; que ton ame étoit plus délicate, plus profondément reconnoissante ; et indépendamment de l'amour tendre que j'ai eu tōujours pour ma Judith, tu n'as pas oublié, je me plais à le croire, cette partie de mon bien, dont je t'ai composé, avec tant de joie, une si riche dot ?....

JUDITH.

Sans-doute ! Mais vous avez fait pour les autres à peu-près autant que pour moi : ma reconnoissance ne differera point de la leur..... Je ne vous le cacherai point, j'aime ma Sœur ; vous ne me reprocherai point ce sentiment, j'espère... et comme c'est ma

Sœur

Sœur qui arrive , je ne puis lui interdire l'accès de cet appartement... J'ose vous en prévenir... ne vous en offensez pas,

LE VIEILLARD

Ciel ! elle est ici... Ah ! peut-être le repentir la ramène ; Dieu ! clément ! fais que ce soit le repentir ! fais qu'elle expie ses fautes ! et ces bras paternels lui sont ouverts... Je suis père ; je ne veux que pardonner... que le repentir la justifie.

---

## V SCÈNE.

### LE VIEILLARD, SARA, JUDITH, JONES.

*( Les deux Sœurs se prennent par la main ).*

LE VIEILLARD.

Pourquoi trembler... Qui me fait trembler ?... La nature !... Je ne devais plus la revoir... L'ingrate ! elle ose me regarder ! et moi, je ne l'ose pas... On dirait que je suis le coupable. ( *à part.* ) Oh ! comment combattre un cœur comme le mien. ( *haut à Sara.* ) Détache ta main de celle de ta Sœur ; crois-moi ; il n'est pas encore temps d'oser en ma présence, placer ta main dans la sienne.

JUDITH.

Eh ! pourquoi ne prendrait-elle pas ma main ? un Père , qui, dès notre bas âge, nous a prêché , ordonné la concorde , condamnerait-il, en ce jour, notre union ? se pourroit-il...

E

#### LE VIEILLARD.

Non, je ne la condamne point ; et je le demande au
Ciel, cette union étroite, et que j'approuve : Qu'un
cœur corrige l'autre ; je le desire ! oui, que ce sou-
hait ardent s'accomplisse ! *(à Sara)* Mais toi, cruelle !
oh ! prends garde de la pervertir, en lui parlant, laisse
la moi. ( *après un silence* ) Sara ; de grace ! laisse-moi
ta Sœur ! elle n'est point endurcie : ne lui ôte point
ce qui la distingue... Il en est encore temps, Sara ;
sens ta faute ! oui, deviens meilleure ! c'est le vœu
que je te laisse. Tantôt, tu m'as chassé ; étranger
désormais à ta maison, c'est ici que je demeure,
et que j'achèverai des jours, si longtemps troublés...

#### JUDITH.

Eh ! voila l'image que que vous m'offrez ! En ai-je
donc besoin, pour nourrir, échauffer ma tendresse !
Ma Sœur vous dira, que le terme convenu n'est pas
expiré ; qu'elle le reclame, en ce moment, et avec
instance. J'ajouterai, que vous ne vous souvenez
plus du traité dicté par vous-même ; comment ose-
rai-je, moi, le briser, pour encourir le reproche....

#### LE VIEILLARD.

Il n'est pas détruit, grand Dieu ! le traité ! non !
Mais il n'est pas effacé, non-plus, le regard qu'elle
m'a lancé ; il me poursuit encore : il me déchire !...
Oh ! il est-là : il tue mon ame ! Je ne puis faire un
pas vers elle, que je ne ressente tout ce que j'ai
souffert, quand elle m'a regardé... Dieu ! je lui par-

donne ! mais ce que je demande de ta souveraine Bonté, c'est qu'elle ne me regarde plus, avec cet œil d'Enfer, qui m'a épouvanté !....

JUDITH.

Est-ce là un discours raisonnable, mon Père ?

LE VIEILLARD.

Il est peut-être vrai que je n'ai plus de raison, que mes Enfans me l'ont otée !... Ma raison s'enfuit... Je n'ai plus rien à moi ! Hélas ! j'ai tout cédé... Ah ! mes Filles ! ne m'ôtez pas du moins la raison !

JUDITH.

Quoi ! toujours des reproches, et les plus outrageans !

LE VIEILLARD.

Judith, non, non : Mais tu ne sais pas, peut-être, combien tu m'offenses, par tes paroles !... Ne prends rien de son génie ; garde le tien... Auprès d'elle, tu me sembles encore bonne et vertueuse : il suffit de n'être pas elle, pour avoir une ame : aussi veux-je demeurer avec toi ; et jusqu'à ce Dieu me rappelle à lui.

JUDITH.

C'est par votre volonté que je me trouve aujourd'hui sous la puissance d'un Epoux, à qui toute ma vie appartient ; il faut qu'il soit consulté, et vous ne vous y opposerez pas ? Je n'ai encore rien préparé, je le confesse, pour vous recevoir honnorablement. D'ailleurs, j'appréhende tout-à-la-fois, et de déplaire à ma Sœur, qui a des droits antérieurs aux miens ; et à mon Mari, qui a ses principes invariables : notre maison, déja très-incommodement resserée par son local et par d'autres circonstances... Mais voici celui que vous m'avez donné pour maître ; c'est à lui, et non à moi, de décider sur un point....

---

## VI SCÊNE.

### LES PRÉCÉDENTS, CLAVERO.

#### LE VIEILLARD.

Je vous salue, mon Gendre. J'anticipe un peu sur le terme fixé, direz-vous? Mais faut-il vous l'avouer? je viens ici pour me reposer de mes tourmens; oui, me reposer, vous dis-je, auprès de ma Fille chérie... J'ai tant souffert ?... Vous saurez...

#### CLAVERO.

Ah ! Monsieur très-volontiers ! Mais permettez que je vous en prévienne ! vous allez occasionner infailliblement une querelle entre des Parens très-unis... Je vous plains beaucoup dans les chagrins que vous vous donnez gratuitement ! car vous vous privez vous-même... Or, pour être bien obéi , il ne faut qu'une seule autorité dans une maison... Vous en conviendrez ?

#### LE VIEILLARD.

Eh-bien ! j'immolerai la mienne ... mŏn Gendre ; soit.

### CLAVERO.

Dispensez-vous donc d'un commandement sévère, de vouloir être servi, et uniquement par vos affidés. Votre bonté aveugle les favorise outre mesure ; ils n'en sont que plus impertinens. Vous aurez nos domestiques : s'il leur arrive de vous manquer, nous seront-là pour les reprimander, pour les punir. La maison de votre Aînée, qui vous reclame, quoi-que plus vaste que celle-ci, a été troublée par votre humeur, vive, impérieuse, et que vos serviteurs ( s'il m'est permis de ne rien vous taire ) n'imitent que trop fidèlement ! ils ajoutent toujours au ton qu'ils reçoivent d'autrui.

### LE VIEILLARD.

Dieu ! donne-moi la patience et la force d'en-tendre et d'ecouter. Accorde-la moi, grand Dieu ! calme cet orage, qui déja gronde dans mon sein... Si c'est vous, mon Gendre, qui armez ces Filles con-tre leur Père, dites-le moi, et je leur pardonnerai le crime d'un autre?... Mais non, un tel forfait ne s'inspire pas... Vous croyez que, brisé par la dou-leur qui m'assiége, je pleurerai devant vous? Non non : je ne pleurerai point.

### JUDITH.

Vous aurez tout ce qui vous sera nécessaire, mon Père : mais par complaisance, si ce n'est par justice, prêtez l'oreille aux propositions de ma Sœur ?

### LE VIEILLARD.

Ah! privez-moi du nécessaire, mais n'endurcissez

pas vos cœurs ! ne renversez pas en un instant toutes mes idées, je vous en supplie, mes chers Enfans ! ne me faites pas devenir insensé !... Oui, je le crains !... Dieu ! conserve-moi la raison !

SARA, *à Judith.*

Vous voyez qu'il extravague.

JUDITH.

Hélas !... son état empire... je le vois trop !

CLAVERO.

Vous êtes aigri, Monsieur, et tous les objets prennent dès-lors la teinte de votre imagination blessée ! Nous savons très-bien qui entretient en vous cette fâcheuse disposition ; c'est un Vieillard rusé méfiant, qui a pris sur vous un ascendant absolu : mais cet empire extravaguant doit bientôt cesser. Le desir, ou plutôt la volonté de toute la Famille ! seroit qu'il s'éloignât, sous peu de jours : Alors là paix retablie.

LE VIEILLARD.

Dieu ! je ne provoque point la foudre... Non, non... je veux conserver le calme....

CLAVERO.

Eh ! que vous proposons-nous ? d'aller habiter une petite campagne en bon air, ou vous serez soigné, et environné de toutes les commodités possibles.

LE VIEILLARD.

Loin de mes Enfans !... Le monde se renverse-t-il autour de moi ?... Je ne sais plus ce qui m'environne !

CLAVERO.

Mais... nous irons vous voir tour-à-tour : nous nous en ferons un devoir, une fête ; à-condition toutefois...

LE VIEILLARD.

Achevez ! achevez, puisque c'est vous, Monsieur, qui êtes ici l'organe....

CLAVERO.

A-condition, que nous n'y trouverons point celui qui vous gouverne à toute heure qui vous rend difficile, opiniâtre ; qui vous inspire enfin tous les caprices changeans, que vous n'auriez pas, sans lui, vû la sagesse de vos premières années.

LE VIEILLARD.

Ciel ! je vais succomber ? Regarde en pitié un infortuné Vieillard, qui sent la mort... qui sent la fureur !... Hélas ! qui pourroît sentir la haine contre son sang... Ciel ! préserve-moi de cette affreuse haine ! car celle qui est entée sur l'amitié expirante, devient la plus violente, la plus implacable de toutes ! Quoi ! faire cet affront à votre Père, mes Filles !... Songez....

JUDITH.

Nous sommes en puissance d'un Mari ; et nous lui devons le sacrifice de nos volontés...

LE VIEILLARD.

Ah ! je me disais quelquefois avec orgueil : Qui est celle d'entre vous, dont son Père pourra se vanter d'être le plus aimé ?... et... congédier avec une froide inhumanité, mon fidèle, mon unique Serviteur.

C L A V E R O.

C'est que nous nous sommes apperçus que rien ne redoubloit votre humeur chagrine, comme sa présence. Balanceriez-vous, Monsieur, à l'éloigner sur-le-champ, d'une maison où il repand, où il entretient la discorde ? Nous lui ferons d'ailleurs un sort.

L E  V I E I L L A R D.

Eh ! savez-vous que l'Homme que vous voulez séparer de moi, est mon bon, mon ancien... hélas ! mon seul ami, peut-être ?

C L A V E R O.

Votre bon, votre fidèle ami ! Ah ! Ah !... Quelle offensante prédilection ! et combien elle est injurieuse pour nous !

L E  V I E I L L A R D.

Je le vois, mes Gendres, mais je ne m'en étonne point ! ma langue n'est point la vôtre, et ma voix ne va pas jusqu'à vous. Ah ! vous ne connoissez ni l'énergie, ni la profonde sensibilité de mon ame, et pour vous, sans-doute, la vie d'un Vieillard semble une éternité.

C L A V E R O.

Vous n'aimez guères vos Enfans, Monsieur, ni nous, si vous pensez cela ! et si vous leur supposez, en leur refusant un léger sacrifice....

L E  V I E I L L A R D.

#### LE VIEILLARD.

Et mes Enfans ne m'aiment guères, s'ils veulent m'ôter ce dernier appui !... Ah ! Judith ! je t'ai vue naître, je t'ai vue grandir ; je t'ai cent fois portée dans ces bras que voici, quand tu n'étois encore qu'une enfant ; sur ces pauvres bras ! J'ai admiré ton sourire, et ces mots heureux, que tu ne comprenois pas. J'ai cru lire dans tes traits l'aurore d'une bonté, d'une tendresse inaltérables ! Me serois-je trompé ? dis Judith ?

#### JUDITH.

Vous nous outragez chaque jour, à cause de lui, et dans ce moment même, le préférant à nous... Apprenez que c'est notre vœu à tous, que c'est le desir de la Famille entière et réunie...

#### LE VIEILLARD.

Quel est-il ce vœu ?

#### JUDITH.

Que si vous voulez absolument demeurer avec lui, nous ne pourrons plus demeurer avec vous.

#### SARA.

L'intention de ma Sœur et la mienne s'accordent parfaitement, en ce point... La décision unanime est enfin qu'il s'éloigne de votre personne.

#### LE VIEILLARD (*courroucé avec force*).

Je l'accepte... Demeurer avec vous, Filles perverses ! Allez ! je n'ai plus besoin que d'un tombeau ! S'il y a un tonnerre pour les Enfans ingrats !...

F

[ 46 ]

Allez : l'Eternité nous sépare !... Eternité sépare-nous !
Dieu ! elles l'ont voulu , les cruelles !... Oui , nous
serons séparés ? c'est le vœu parricide de leurs
cœurs.

JUDITH.

Oh ! des imprécations ?... Quoi !... contre vos
Filles. !

LE VIEILLARD.

Punissez-moi de vous avoir aimées ! Tout parent
crédule et généreux est donc trompé, assasine par
les siens ! Vous vous taisez, malheureuses ! vous
vous unissez contre un Père, dans un affreux silence !
O nature ! dans ce jour de justice et de colère
entends ma voix ! porte dans leur flanc la stérilité,
afin que jamais aucun Enfant ne les honore du
nom de Mère !... Après ce que votre langue impie à
proféré , Filles ingrates ! vos mains sont prêtes
pour le crime ; votre pied sacrilège est avancé, pour
frapper et repousser mon cadavre....

CLAVERO.

Calmez-vous, de grace, Monsieur ! n'opprimez pas
à ce point vos Enfans !... Eh ! qu'ont-ils donc fait ,
pour motiver vos fureurs ?....

LE VIEILLARD.

Il n'y a plus d'Enfans... Vertus des Enfans, vous
n'êtes qu'un misérable vuide ! plus de piété filiale
sous le Soleil... Tout est cahos, enfer et désordre...
Achevez ! d'un seul coup , brisez ma tête chauve...
Accours à mes cris ! Viens ! viens, mon ami , mon

seul ami ; viens soutenir ma vie défaillante. *( Jo-*
*nes entre et se précipite dans ses bras.* ) Je sens que
je meurs....

______________

# VII SCÊNE.
## LES PRÉCÉDENTS, JONES.

### Le Vieillard.

Et voilà celles que j'appelois!... Regarde ! Il n'est
donc point d'art qui apprenne à deviner l'ame sur
les traits du visage !... Les voilà soulevées contre moi?
Et tu me l'avois prédit....

### Jones.

Est-il possible!... Non ! non!...

### Le Vieillard.

Enfans ! vous fuyez un Père, comme s'il étoit
déjà jetté dans la fosse... Mais je vis pour vous
juger. *( à Jones.* ) Sens-tu le coup qui m'atterre?
Et vois ! leur conscience frappée, ne pâlit point...
Dieu ! ô Dieu ! laisse-moi, en fuyant de ce monde,
laisse-moi un Univers réduit en cendres, où je sé-
rai seul avec l'Astre pâle de la nuit et les deserts
éternels ! Là, j'aurai toute l'éternité pour analyser à
loisir le cœur de mes Filles, de ces inconcevables
creatures, jadis si tendres, aujourd'hui si cruelles !
O misérable et douloureuse vie !... Elles ne re-
viennent point à moi!... mort! tout est mort! *( avec*
*explosion.* ) Par ces cheveux blancs que je tiens,

fuyez loin de moi! loin de moi ! ou ma malédiction vous atteint et vous écrase? C'est le jour de la
séparation éternelle! Vous l'avez voulu?... eh-bien!
il est arrivé... Rejouissez-vous...

C L A V E R O.

Quel fougueux Vieillard !

S A R A.

Son esprit est aliéné ; il est vraiment atteint de
folie !... et d'une folie incurable.

J U D I T H.

Sortons. *( Elles prennent la fuite ).*

---

# V I I I   S C È N E.

## LE VIEILLARD, JONES.

L E   V I E I L L A R D.

Elles fuient : elles vont rejoindre dans le fond
des forêts , les Êtres insensibles, les animaux féro-
ces, dont elles ont pris l'instinct ! Et moi , il ne
m'est pas encore possible d'oublier des objets qui
m'étoient si chers !

J O N E S.

Ah ! mon bon Maître ! luttez en homme coura-
geux contre le malheur.

,L E   V I E I L L A R D.

Et toi, reponds ! dis? que fais-tu près de moi? Tu
vas m'abandonner aussi? oui tu le dois. Eh ! que
lien m'unit à toi ? Dis? que te fait ma douleur !
Pourquoi scrois-tu sensible à ma calamité ? J'avois

des Enfans ; ils m'ont assassiné ! Mais vois-tu ? ce ne sont pas des assassins ordinaires. Sais-tu ce qu'ils ont fait? Ecoute ! ils m'ont jetté nud dans le cercueil ; ils ont cloué la bière , tandis qu'étouffé , je tâchois de soulever le couvercle fatal , que leurs mains sacriléges ont pressé sur moi , avec effort... Voilà ce qu'ils ont fait?....

JONES.

Ah ! Dieu.... Songez que vous avez une troisième Fille !... Croyez ! ah ! croyez à sa tendresse.

LE VIEILLARD.

Plus d'Enfans ! plus d'Enfans !... Elle sera dénaturée, comme les autres!... Tout est oblique et faux , dans le cœur humain ! En ces jours malheureux, le vice lutte contre la vertu ; mais tout ce qui est vice ou vil intérêt l'emporte. Tu ne sais pas une grande, une affreuse vérité ! Je te la dirai ; mais tout-bas ; tout-bas. *Point d'Enfant , qui ne désire la mort de son Pére , Sous la voute du Firmament!* il n'est pas un cœur où la noire ingratitude n'ait déposé son germe... Tout est perverti dans la nature de l'homme... Cette cruelle vérité , eh ! combien je la rejettois ! Elle me luit enfin ! et d'une clarté horrible , mais vraie.

JONES (à part).

Ses malheurs ont égaré sa raison.

LE VIEILLARD

Justice , pitié, commisération , mots vuides de sens ! Loix du monde ! jeux du hazard... Allons,

je ne veux plus de toît au-dessus de ma tête : c'est
la pierre et l'airain qui forment le cœur nouveau
des Hommes. Le desordre règne ; les rayons du
Soleil éclairant le globe, se brisent sur l'immense
rideau des crimes voilés ! la trompette de la ré-
volte contre les Pères, à sonné lugubrement dans la
nature entière....

### JONES.

Ses longues calamités ont tellement frappé ses
esprits....

### LE VIEILLARD.

Je vais mendier, Je vais tendre une main sup-
pliante ! je suis né pour l'ignominie ; pour être
rebuté, chassé ! mais par mes lamentations, par
le récit de mes infortunes, j'attendrirai les cœurs !
Que dis-je ? je n'attendrirai personne ! car des
hommes, des hommes ! il n'y a en plus sur la
terre ; les Tigres, les Serpens, les Vipères... les
Enfans ingrats en hérissent la surface....

### JONES.

Hélas ! sa tête se trouble de plus en plus !

### LE VIEILLARD.

Si j'avois un glaive, et que je pusse trancher
la race insensible et dure, tiens, à coup sûr, je fau-
cherois l'espèce humaine.

### JONES.

Le desespoir qui l'agite... Oh ! comment le sau-
ver de son délire.

### LE VIEILLARD.

Honnête Jones ! sors de cet abîme d'horreurs ;

de cet impur séjour, de ce repaire d'iniquités! Pourquoi te trouves-tu encore près de moi ? Insensé! va jouir de la fortune que je t'ai assurée ! mais ne te fie jamais aux témoignages de ce qu'on appelle l'amitié ! c'est le mot le plus trompeur, dont se servent ici bas les traitres humains. Ah ! je ne mourrai pas du-moins sans avoir été détrompé !... Surtout, ne crois point aux caresses de celles qui diront t'aimer ! tu verras des yeux en pleurs, puis des cœurs de fer! elles te flatteront, pour attirer ton héritage ; mais dans leur barbare insensibilité, elles finiront par te faire expirer de douleur ! et leur conscience endurcie ne leur dira pas même, que c'est-là un crime... L'air, la terre, les mers, les Loix naturelles sont interrompues, sont troublées : Desordre ! te voilà déchaîné ! ravage l'Univers.... ( *Il sort* ).

---

# IX SCÈNE.

## J O N E S (*seul*).

Oh! suivons le par-tout! Sauvons-le de lui-même ! Hélas!... l'intérêt fait donc taire aujourd'hui le devoir, la nature!... Ses Filles... Je ne voudrois pas avoir un pareil cœur dans mon sein, pour toutes les grandeurs de l'Univers! ... Mais moi, je les remplacerai, ces impitoyables Enfans ! Je tendrai les bras à son infortune ! je l'accompagnerai dans les contrées et dans les courses, où le guideront la douleur ou l'aveugle desespoir.

# ACTE TROISIÈME.

*Le Théâtre représente une forêt ; sur la droite, est une cabane.*

## PREMIÈRE SCÈNE.

### JONES ( *seul* ).
*( On voit errer Jones ).*

Il est parti... Il s'est échappé de nos bras, malgré nos longs et inutiles efforts !... Hélas ! sa tête est aliénée... Cruels Enfans ! qui l'avez réduit à cet horrible état, vous en répondrez....! Prêtons l'oreille ; car on le suit à ses gémissemens, à ses cris douloureux et plaintifs.... Il a pris le chemin de cette forêt ténébreuse : je veux l'y suivre, courir sur ses traces les montagnes et les bois, le chercher, le trouver, ou me précipiter du haut de ces rochers, s'ils ont été les tristes témoins de sa mort. ( *Il s'enfonce dans la forêt* ).

## II SCÈNE.

CAROLINE (*seule, regardant de côté et d'autre*).

Hélas ! où le trouver ce bon Père ?... Je regarde aussi loin que mon œil peut s'étendre... Mes

cris

éris percent en vain le sacre silence des forêts !
Il s'est échappé la tête nue, et déja la nuit affreuse va l'envelopper ! Qui lui ouvrira sa porte ?
La douleur a égaré ses esprits ! Dieu ! suspendez
vos coups ! sauvez sa raison de ces étranges éga-
remens... Ah ! si le sommeil avait pu le sur-
prendre, il eût porté quelque baume dans ses
organes blessés... Moi ! je ne dormirai plus qu'il ne
soit consolé et guéri ;... Mais, comme ce Ciel
est sombre ! il devient menaçant : toute la nature
est attristée, ainsi que mon âme.... Voici un orage
qui s'apprête... Dejà l'éclair... Mettons-nous à
l'abri... O mon Père, mon Père ! où êtes vous ?
apparoissez à votre Fille, afin que sa main vous
guide, et que sa voïx vous console !... Entrons...
( *Elle entre dans la cabane* ).

---

## III SCÈNE.

### LE VIEILLARD, *seul.*

( *On entend l'orage qui gronde* ).

Plus d'Enfans, plus d'Enfans, dans l'immense création ! La terre est dépouillée de ses
ornemens ; le globe est desert; les végétaux crois-
sent encore; mais ils vont tomber et pourrir.....
Le soleil lui-même tombera... Tout est dissous
dans la nature, car le cœur des Enfans s'est
separé du sein paternel !..... Vents, rugissez !

G

grondez, tempêtes ! éclairs, enveloppez-moi ! tonnerres, éclatez ! Ce grand courroux des élémens soulevés plaît à ma douleur... L'orage est aussi dans mon sein ; mais il rugit là plus terrible encore... Foudre exterminateur, frappe ma tête, comme celle de ces Rocs arides ! Eh ! pourquoi l'épargnerois-tu ?... C'est vous, Filles dénaturées, qui avez donné au monde l'exemple de la subversion ! il sera suivi : la confusion va s'étendre, et dévaster tout le globe ! Oui, si le Ciel ne se hâte pas d'envoyer des Anges, pour repeupler le monde, les hommes vont bientôt s'entredévorer... Mes Filles !... Les voici ! et transformées en monstres..... Les éclairs me découvrent leurs traits hideux... Oui, les voilà, mes criminelles Filles ! Je n'ai pas besoin de les maudire, elles portent le visage bleuâtre des Furies, de l'Ingratitude... Tonnerre lointain, rapproche-toi ? Je défie le sort et la tempête ; je souffre ce qui est plus que douleur, ce qui est au-delà du désespoir ... Poignardé par mes Enfans ! naufragé sur la mer impétueuse de ce monde, il me semble que la nature entière va me repousser hors de son enceinte. Oh ! que cette tête chauve soit le but de tous les traits foudroyans qui sillonent les airs.... Car, Père infortuné, abandonné des miens, je puis sourire, moi, à la destruction des mondes....,

# IV SCÈNE.

## LE VIEILLARD, D'ANGELI.

D'ANGELI (*sortant de la cabane*).

Qui se plaint si douloureusement?... Et qui peut être ici seul, à cette heure, avec cette affreuse tempête?...

LE VIEILLARD.

Moi, dont l'âme est encore plus remplie de trouble, d'agitation et d'horreurs.

D'ANGELI (*le reconnoissant*).

Ah! c'est vous... Monsieur Lamanon!... est-il posible?...

LE VIEILLARD.

Quelqu'un me reconnoît ici! Qui pourra me dire ce que je suis? moi, je l'ignore! Je n'ai plus d'autres biens que l'air; je suis dans l'état le plus abject, où jamais la misère ait abîmé, défiguré un homme; chassé; dépouillé; nud; delaissé.

D'ANGELI.

Ah! je vous offre mon humble chaumière.... Daignez vous y refugier!

LE VIEILLARD.

Va, le creux d'un arbre m'auroit tout aussi bien servi d'asile.., Mais avant que j'entre chez toi, souffre, Ami, que je te fasse une seule question : Es-tu Père ? as-tu pour Enfans des Filles ?

D'A N G E L I.

Je n'ai point de Filles ; car je n'ai point d'Enfans.

LE VIEILLARD.

Tu n'es donc pas malheureux !.... Ah ! que j'envie ton sort... Eh - bien, j'entrerai chez toi, et j'y reposerai ; j'y reposerai, puisque tu n'as point pour Enfans des....

D'A N G E L I.

J'ai vû là-bas, là-bas, deux personnes bien affligées, et qui vous cherchaient.

LE VIEIFLARD.

Tu te trompes, ou l'on t'a trompé ; personne ne me cherche... Qui me chercheroit ? ne vois-tu pas que je suis un mendiant, qui ne peux plus déterminer la pitié, que par des gémissemens plaintifs et prolongés ? Ne vois-tu pas que le froid, la faim, la nudité, voilà mon partage.... Dénué de tout....

D'A N G E L I.

S'il est ainsi ; il vient souvent dans ma chaumière une jeune Femme, noble, sensible et tendre, qui me comble de ses bienfaits.

LE VIEILLARD.

Une Femme sensible et tendre, dis-tu ? elle se nomme ?

D'A N G E L I.

Caroline ?

LE VIEILLARD

Je l'ai connue autrefois... Je m'en souviens.

**D'ANGELI.**

Vous avez donc connu la bonté, la grâce et la sensibilité réunies.

**LE VIEILLARD.**

Vains songes ! illusions ! Tu ne sais donc pas qu'il n'y a plus de vertus, ni de reconnoissance sur la terre ? Cet orage, en grondant, a dit dans les airs, *Triomphe des Ingrats !*

**D'ANGELI.**

Ah ! si vous la connoissiez, celle dont je parle !

**LE VIEILLARD.**

Je l'ai connue, te dis-je ; je l'ai moins aimée que les autres ; elle doit agir avec plus de rigueur envers moi : elle fera bien ; elle justifiera ses cruelles Sœurs,

---

## V SCÈNE.

## LE VIEILLARD, CAROLINE, D'ANGELI.

**CAROLINE**, *dans le fond.*

Je l'apperçois... Ses cheveux blancs que soulève la tempête...Allons à lui... Hélas ! il va me méconnoître... Comme son front est altéré par le desespoir. Dieu ! rétablissez l'harmonie et le calme dans l'ame de ce bon Père... Végétaux ! s'il en est parmi vous d'assez puissans, pour endormir les chagrins et adoucir la douleur de l'âme, offrez-vous à ma main filiale ? Et vous, grand Dieu ! faites que

[ 58 ]

ma voix, comme une rosée bienfaisante, ranime ce
cœur flétri ; que mes larmes pieuses coulent sur
ses joues... Approchons... O mon Père ! mon tendre Père !

LE VIEILLARD, *assis.*

Qui est-là, et qui me tend la main ?

CAROLINE.

C'est votre Fille...

LE VIEILLARD.

Je n'ai plus de Filles...

CAROLINE.

Oh ! ne me repoussez point !... Que je repare le
trouble, dont mes deux Sœurs ont affligé votre
personne sacrée... Me reconnoissez-vous ?

LE VIEILLARD.

Oui, je vous ai vue... Vos traits !... Ils sont dans
ma mémoire : mais je suis entouré de méchans, que
je n'ai point mérités : car, je leur ai fait du bien, à
tous ces méchans-là... Dites, Madame, quand je
n'aurois pas été leur Père, ces cheveux blanchis
n'auroient-ils pas dû exciter du-moins leur chari-
rable compassion ? Devoient-elles m'envoyer au fort
de la tempête, tête nue et sans abri, passer la nuit
froide dans l'abandon ? Eh ! l'on donne une retraite
dans l'orage, quand il s'est égaré, au pauvre ani-
mal de son Voisin ; on le prend, on le rechauffe
auprès du foyer. Jugez-les, Madame, vous qui me
semblez si différente d'elles ! bien bonne, bien com-
patissante ?....

CAROLINE.

Ah ! ne suis-je plus rien autre chose pour vous ?
votre œil... quoi ! il se détourne !... Voyez-moi ?
étendez sur moi votre main, pour me benir... je
vous en conjure ?

LE VIEILLARD.

Que je vous bénisse, moi ! Délaissé de la nature entière, moi ! malheureux Vieillard, à qui
rien ne reste aujourd'hui dans le monde ! moi !
ah ! j'ai besoin de la bénédiction des autres, et
personne n'a besoin de moi !

CAROLINE.

Je suis votre Fille.

LE VIEILLARD.

Et quand cela seroit ; vous m'abandonneriez
bientôt, ou vous pourriez m'abandonner, après
m'avoir outragé ; et il n'y auroit rien-là d'extra-
ordinaire.

CAROLINE.

Moi, vous abandonner !... Je viens ici pour ne
plus vous quitter ; pour prévenir en tout vos ordres, vos volontés, vos moindres desirs ; pour
être à vous, dans tous les lieux que vous voudrez
habiter, comme dans tous les instans de ma vie.

LE VIEILLARD.

Ah ! je suis bien en ce lieu ! Ne m'arrachez point
de ce lieu ! car j'attends ici Quelqu'un.... Quelqu'un, Madame, qui m'aime encore, tandis que

ceux qui auroient dû m'aimer... Mais je le vois !
c'est lui ; c'est Jones... Jones !... Ah ! c'est mon
ancien ami, Madame, mon bon ami, mon seul ami ;
et déjà je pleure en le voyant....

---

## VI ET DERNIÈRE SCÈNE.

### LES PRÉCÉDENS, JONES.

#### LE VIEILLARD.

Bonjour, Ami !... Eh ! je t'attendois toujours !
D'où viens-tu ? Tiens, en ton absence, voici une
Dame que j'ai rencontrée, et qui me paroît être
bien charitable ! du-moins pour moi !

#### JONES.

Eh ! reconnoissez-la, mon cher Maître ; regar-
dez-la... c'est votre Enfant...

#### LE VIEILLARD.

Non ! non ! les Enfans sont morts.

#### JONES.

Revoyez celle que je vous ai annoncée, et qui
vient vous rendre ici tout ce que vous avez perdu ;
tout ce que vous devez attendre de son amour,
et de sa tendresse.

#### LE VIEILLARD.

Elle me fait plaisir à voir ; Jones ! qu'elle ne
s'en aille point encore ; car j'aime bien à la voir.

#### JONES.

[ 61 ]

JONES.

Celle que vous voyez... sera à vous ; tant qu'elle respirera.

LE VIEILLARD.

Bien vrai !... Ah ! je m'en réjouis ! Je ne me défendrai point du plaisir de vivre auprès d'elle... Elle m'embrasse, Jones ! elle me prodigue ses caresses ! à moi ! Oh ! la digne, la généreuse Créature ! c'est un Ange , je crois !

JONES.

Vous ne vous trompez point.... embrassez-là ; c'est votre Ange.

LE VIEILLARD.

Jones ! ces larmes que je répands , elles m'attendrissent ; elles ne sont plus si brûlantes ! elles ne sont pas comme les autres, du plomb fondu sur mes pauvres joues ! dis-moi donc pourquoi cela?

CAROLINE.

Ah! bon Père ? le meilleur des Pères !... Pardonnez... pardonnez !...

LE VIEILLARD.

Je le sens ; c'est l'Ange qui fait tout cela : oui, c'est l'Ange : où demeure l'Ange ?

CAROLINE.

Avec vous, et pour toujours ; oui, sans-cesse avec vous.

H

**L e  V i e i l l a r d**, *toujours dans le délire.*

Ah ! tant-mieux! tant-mieux , Ange ! Quelle douce émotion l'Ange me fait éprouver !... Eh ! pourquoi vous mettez-vous à-genoux ? devant qui ? devant moi ?

**C a r o l i n e.**

Le crime ou l'oubli de mes deux Sœurs , je viens l'expier , l'effacer : Je viens accomplir ce qu'elles n'ont pas fait... O mon Père , que je baise en silence la poussière de vos pieds.

**L e  V i e i l l a r d-**

Oh ! je ne mérite point que l'on s'humilie ainsi devant moi ! Je suis un pauvre Vieillard qui n'ai plus rien , qu'un cœur bien tendre , mais déchiré... Vous pleurez !... Ses larmes, Jones, ses larmes mouillent ma main ! dis-moi donc qui les verse , ces larmes?

**C a r o l i n e.**

C'est le cœur qui vous appartient tout entier ; c'est Caroline.

**L e  V i e i l l a r d.**

Ah ! si c'est Caroline , paix ! paix !.. Ne prononce pas ce nom-là tout haut ! car j'ai du remords , de la confusion : J'ai flétri la joie de sa jeunesse... Cette pâleur sur ses joues m'accuse... Je fus injuste...

**C a r o l i n e.**

Ah! paroles trop tendres !... Elles me percent l'âme !

[ **63** ]

### LE VIEILLARD.

Qu'elle me pardonne, et ne me haïsse point...
Ange ! ne sois pas Caroline !

### CAROLINE

Je suis elle, je suis elle ; et je meurs à vos
pieds ! si....

### LE VIEILLARD (*sortant de son délire*).

Si c'est toi, ne m'aime pas, ou dissimule ton
amour : car tes Sœurs te haïroient de m'aimer !
cache toi bien d'elles !... Prends garde !

### CAROLINE.

Je veux vous aimer.

### LE VIEILLARD.

De quel ton elle dit qu'elle veut m'aimer !
Ah ! c'est que des Anges ne connoissent point,
ne nourissent point la haîne... Et pourquoi ! Jones, m'aimeroit-elle ?

### CAROLINE (*détachant un portrait*).

Pourquoi ! Ah Dieu ! parceque voici ma Mère...
Regardez le présent sacré que vous avez attaché à
mon cœur, le jour de ma naissance ; il ne m'a
pas quitté depuis. Voyez l'image chérie de ma
Mère. (*Elle remet le portrait aux mains du Vieillard.*) Ah ! ma Mère, je vous invoque en ce moment ! aidez-moi du fond de votre tombeau, à rap-
peller au cœur d'un Père, l'image d'une Fille tendre
respectueuse, et dévouée jusqu'à la mort !

H 2

[ 64 ]

LE VIEILLARD, ( *prenant le portrait.*)

O portrait!... Ange! je te presse sur mon sein ! tu chasses insensiblement les nuages dont ma raison étoit obscurcie ! tu fais rentrer insensiblement la joie... Dieu ! suis-je encore Père ?

CAROLINE.

Oui.

LE VIEILLARD.

Est-ce une Fille nouvelle que le Créateur m'a donnée tout-à-coup , pour remplir l'étendue de ce cœur , dont il connoît la flamme et l'impétueuse tendresse ?

CAROLINE. (*plus fortement*).

Oui.

LE VIEILLARD.

Si c'est un présent de ta bonté , grand Dieu ! tu ordonneras donc au desespoir de sortir de mon ame ! Je suis vieux , et j'irai chez elle , y terminer mes jours ; qu'elle soit ma fille , ou qu'elle ne le soit pas ; car il me faut un Enfant..... il m'en faut un , hélas !

CAROLINE.

Je suis cette Enfant.

LE VIEILLARD.

Bien vrai ?...

CAROLINE.

Dieu le sait.

LE VIEILLARD. ( *avec un cri* )

Ah ! Caroline ! je le crois : mes entrailles pa-ternelles en frémissent... Coulez donc , larmes, qui

m'oppressez ! larmes qui pesiez d'un poids si terrible sur ce cœur aride et desséché ! sommeil de
ma raison disparois !... Ah ! ma Caroline ! oui,
je t'ai vue dans le berceau... Je ne pouvois vivre
alors sans me voir entouré de berceaux !... O mon
Enfant unique !...

### CAROLINE.

Pourquoi ?... unique ? Pardonnez, pardonnez aux
coupables, à moi, bon Père !.. Ne soyez pas inexo-
rable !... O mes Sœurs ! je me prosterne, avec vous,
pour obtenir grâce ! mes Sœurs humiliées, repen-
tantes, se prosternent devant vous, avec moi...
Grâce ! grâce !

### LE VIEILLARD.

Ange ! tu m'attendris ; tu attendris jusqu'à la
malédiction que j'ai lancée sur elles !... Eh-bien !
que le Ciel, dont tu dois être l'amie ; que le Ciel
desarmé la révoque, et je ne m'y opposerai point.

### CAROLINE. (*avec un cri*).

Ciel ! qui l'entendez, vous préferez la clémence
d'un Père à sa colère ! Vous n'exaucerez que le
dernier vœu de sa tendresse et de sa raison ! Le
Ciel est miséricordieux ! mon Père le sera aussi,
et pour mes Sœurs, et pour moi ?

### LE VIEILLARD.

Oui, Ange ! oui, ma Fille ! Tu m'as fait entrer
dans un jour tout nouveau : un nouveau jour me

luit et m'éclaire : ma raison n'est plus troublée.
(*embrassant sa Fille ,*) Pense , en cet instant, que
c'est le vrai baiser d'un Père ; et avec lui, le pardon....

CAROLINE.

Le pardon de mes Sœurs !

LE VIEILLARD.

Oui ! oui , le pardon entier... Je te l'accorde...
Ah ! si mes Filles ne veulent plus m'aimer , il faut
moi, que je les aime. .. Entends-tu, Caroline ?

CAROLINE.

Doux nom ! vous faites mon bonheur! Ah ! vous
nous retrouverez toutes-trois ; mon cœur vous le
certifie... Croyez à leur repentir : nous avons toutes
trois à reparer...

LE VIEILLARD.

Quand l'imagination est troublée , comme l'homme perd la connoissance de lui-même ! Tu m'as
guéri, Caroline ! et quoiqu'il arrive , je m'aban-
donne à toi ; car c'est à toi que je veux confier la
tranquillité de mes vieux jours.... Je compte encore
sur le bonheur !

Nous le ferons Dieu lui-même est le temoin. (*le
prennent dans ses bras. Venez,* venez... venez.

*Fin du Troisième et dernier Acte.*

www.ingramcontent.com/pod-product-compliance
Ingram Content Group UK Ltd.
Pitfield, Milton Keynes, MK11 3LW, UK
UKHW022310120726

13694UKWH00004B/1357